HENRI BRAMTOT

FEMINA

SONNETS

. . . . Poetis
Quidlibet audendi semper fuit æqua potestas;
. . . .
At non chorda sonum reddit, quem vult manus et mens.

HORACE (*Art Poétique*).

PARIS
IMPRIMERIE PAUL DUPONT
41, RUE JEAN-JACQUES-ROUSSEAU

1870

FEMINA

Henri Bramtot

FEMINA

SONNETS

. . . . Poetis
Quidlibet audendi semper fuit æqua potestas;
. . . .
At non chorda sonum reddit, quem vult manus et mens

Horace (*Art Poétique*).

PARIS
IMPRIMERIE PAUL DUPONT
41, RUE JEAN-JACQUES-ROUSSEAU
—
1870

I

AD FEMINAM

Épouse ou jeune fille, amante ou fiancée,
La femme nous séduit par un attrait vainqueur ;
Elle est l'objet charmant qui ravit la pensée,
Que le regard admire et que fête le cœur.

Dès sommets lumineux où nous l'avons placée
Elle exerce un pouvoir subi comme un bonheur ;
Elle est le but suprême et l'idole encensée,
Le parfum et l'éclat, le rayon et la fleur

O femme, que Dieu fit pour sa joie et la nôtre,
J'ose ici, de ton culte infatigable apôtre,
En faveur de mes vers humblement t'implorer ;

Trop heureux si ma muse a, d'un pinceau fidèle,
Su tracer des portraits dignes de leur modèle,
Et si je réussis à te faire adorer !

II

FILIOLA

J'aime une belle enfant, au teint rose, aux doux yeux,
Soit qu'avec un sourire, où la pureté brille,
Elle s'épanouisse au milieu de ses jeux,
Sylphe léger, oiseau qui chante ou qui babille;

Soit que, se résignant au maintien sérieux,
Et, de ses petits doigts qu'arme une active aiguille,
Tressant la laine souple en dessins gracieux,
Elle prenne sa place au foyer de famille.

Je suis tout ébloui de son rayonnement.
Quelquefois la fillette — heureux pressentiment ! —
Est du vague avenir comme préoccupée ;

Et dans ce cœur naïf les décrets éternels
Jettent le germe ardent des instincts maternels :
Pensive, elle est déjà mère..... d'une poupée.

III

ALBA

Toute blanche ! âme et corps, conscience et costume !
Blanche comme un lévite enflammé de ferveur,
Comme un lys éclatant que le soleil parfume,
Telle, enfant, te verra demain mon œil rêveur.

Que te dira ce Dieu, pour qui notre encens fume,
Ce seigneur humble et grand, cet indulgent sauveur,
Qui, du limon humain purifiant l'écume,
De se donner à toi te fera la faveur ?

Oh ! que te dira-t-il, sinon d'aimer ta mère,
D'être douce au prochain, au pauvre hospitalière,
De ne garder au cœur ni rancune ni fiel ;

D'éclairer par la foi tes plus belles années,
Devinant, au-delà de nos routes bornées,
Les horizons sans fin et les splendeurs du ciel.

IV

PUELLA

Ainsi que le printemps fait bouillonner la sève
Dans les bourgeons promis à la maturité,
Cette seizième année, où s'agite le rêve,
Fait de la jeune fille éclater la beauté.

En la transfigurant, l'œuvre de Dieu s'achève.
Tout son être murmure un chant de puberté,
Et dans son cœur ému, qu'un vague instinct soulève
Germent les frais trésors de la virginité.

O vierge ! va cueillir, ivre de poésie,
Cette heure du matin, parmi toutes choisie ;
Marche dans ta jeunesse, en pleine floraison.

Laisse éclore en tes yeux un bonheur qui t'étonne,
Et ris, et sois joyeuse, et tresse ta couronne
Sans songer aux pâleurs de l'arrière-saison.

V

NUPTA

La vierge a revêtu la robe d'innocence
Que l'hymen triomphant déchirera le soir ;
Sous ses longs voiles blancs elle est charmante à voir,
Et le chaste oranger l'entoure de décence.

Sa vie au jeune époux qui va la recevoir
Se promet sans réserve, et se livre d'avance ;
Mais d'où vient qu'une larme à ses cils se balance
Furtive, et qu'elle veut cacher, sans le pouvoir ?

C'est qu'elle doit quitter sa tranquille demeure,
Sa chambre qui sourit et sa mère qui pleure.
C'est qu'à des cœurs aimés son bonheur est fatal ;

Et qu'en voyant s'enfuir les minutes comptées,
Elle songe au destin de ces fleurs transplantées
Qui languissent parfois loin du terrain natal.

VI

CONJUX

O temple ! ô sanctuaire ! ô chambre nuptiale !.....
C'est l'heure où vers ton seuil, en réprimant l'essaim
Des sentiments confus qui font battre son sein,
L'épousée a conduit sa marche triomphale.

Un invisible chœur chante sur son chemin.
C'est l'heure frémissante et sainte, où la vestale
S'offre tout éperdue aux baisers de l'hymen,
Et lui donne à cueillir sa candeur virginale.

Éclate, ô passion ! Tombez, voiles jaloux !
Couronne, effeuille-toi ! Flambeaux, éteignez-vous !
Les âmes des époux se fondent en une âme;

Et dans l'ombre discrète où l'amour glorieux
Sème éternellement ses fruits mystérieux,
La blanche enfant se change en une blanche femme.

VII

DEVOTA

Hymen ! lien fleuri, je t'aime et te salue.
Chaste communion, qui fais deux âmes sœurs,
Joug léger, qui dira ton charme ? Femme élue,
De tes séductions qui peindra les douceurs ?

Quelle pudique ardeur de tendresse absolue !
Comme elle veut sa part de joie et de douleurs,
Et s'obstine à garder, vaillante et résolue,
Pour les jours attristés la foi des jours meilleurs !

Sa pensée est loyale et franche, comme un livre
Qu'elle offre à feuilleter à l'époux qu'elle enivre ;
Elle a l'instinct secret de tout courage humain.

Elle porte, s'armant d'une divine armure,
Le bonheur sans orgueil et le deuil sans murmure,
Et sa vie a besoin d'amour plus que de pain.

VIII

NUTRIX

La mère qui nourrit son enfant de son lait,
Et lui fait une chair de sa propre substance,
Parmi toutes est grande, et son rôle est complet.
Le nouveau-né lui doit une double existence.

Sur sa beauté rayonne un céleste reflet ;
Elle devient sacrée, et de plus pure essence.
Avec quel geste exquis de tranquille innocence
Elle découvre un sein que la pudeur revêt.

Les séraphins bénis veillent sur cette mère
Qui, dans les doux labeurs de son foyer sévère,
Prodigue un dévouement que rien ne peut lasser ;

Et l'avenir réserve à son âme ravie
Du gracieux enfant qui s'éveille à la vie
La première caresse et le premier baiser.

* *

IX

PARENS

Près du berceau plaintif où son fils agonise
Sous l'étreinte d'un mal vainement conjuré,
Une mère à genoux prie, et sa voix se brise
En un sanglot sinistre, en un cri déchiré.

Folle, dans un effort suprême qui l'épuise,
Elle se jette au cou du malade adoré ;
Elle embrasse en pleurant l'enfant presque expiré,
Et dans le corps vaincu retient l'âme indécise.

O merveille ! ses pleurs ont soudain rafraîchi
Le petit front brûlé par la fièvre, et fléchi
L'ange noir qui guettait une victime chère.

Femme, tu peux sécher tes yeux au ciel levés.
Ton fils et ton amour à la fois sont sauvés ;
Dieu ne refuse rien aux larmes d'une mère.

X

MATURA

Trente ans ! Ce double chiffre envieux et brutal
Dont l'âge trop rapide, hélas ! t'a couronnée,
M'apparaissait jadis comme un nombre fatal,
Quand j'avais la primeur de ta seizième année.

Aujourd'hui, loin d'y voir un menaçant total,
J'y découvre une grâce exquise et raffinée,
Une perle ajoutée à ton écrin dotal,
Un odorant regain de fleur non moissonnée.

Laisse donc le temps fuir sans regrets irritants.
L'amour, qu'aucune loi ne prescrit par trente ans,
Dans notre hymen heureux doit renaître sans cesse.

Entre joyeusement dans ta maturité.
Ce qui ne vieillit pas du moins, c'est ta bonté ;
Ce qui sera toujours jeune, c'est ma tendresse.

XI

VIDUA

I

Souvent, comme une fleur que l'air froid de la nuit
Fait trembler sous les plis de sa corolle neuve,
Et sèche avant qu'elle ait noué son jeune fruit,
Avant d'avoir été mère, l'épouse est veuve.

Elle s'enferme alors, loin du monde et du bruit,
En un deuil si profond qu'il faut qu'on s'en émeuve,
Avec le souvenir de son bonheur détruit,
Et sa fidélité qui survit à l'épreuve.

Dans un morne regret elle glace son cœur.
Elle veut, l'étouffant sous un triple cilice,
D'une douleur sans fin boire l'amer calice ;

Jusqu'à l'heure où l'amour, notre éternel vainqueur,
Ainsi que le soleil brille à travers la pluie,
Se rallume au milieu des larmes qu'il essuie.

XII

AVA

Tout est apaisement sur les traits de l'aïeule ;
Dans son âme, fermée aux orages humains,
La sainte affection des enfants veille seule.
C'est vers les nouveau-nés qu'elle tend les deux mains.

Chaque année, en usant ses forces, lourde meule,
Fait de son cœur aimant refleurir les chemins ;
De frais bambins, neveu, petit-fils ou filleule,
Gazouillent autour d'elle en turbulents essaims.

Oubliant auprès d'eux le poids des ans farouches,
Elle évoque, au contact de leurs mutines bouches,
Le cortége joyeux de ses illusions ;

Et, comme le soleil, avant d'entrer dans l'ombre,
A plus d'éclat, au seuil de l'éternité sombre
Ses yeux pensifs et doux s'emplissent de rayons.

XIII

MORTUA

Morte !... je vois encor la couche virginale,
Où, dans un froid linceul, gardien de sa pudeur,
Elle dormait. Ses mains avaient des tons d'opale,
Et son front pur d'un marbre égalait la blancheur.

Sa mère la veillait silencieuse, pâle,
Immobile et perdue au fond de sa douleur;
Son muet désespoir semblait d'un dernier râle
Et d'un souffle suprême implorer la faveur.

Et mon regard errait de la femme blêmie
Aux traits décolorés de l'enfant endormie,
Et ma juste pitié déplorait tour à tour

L'une dans la mort sombre avant l'heure couchée,
Comme une fleur des champs que la faux a touchée,
L'autre portant le deuil de son fragile amour.

XIV

AMICA

Je me souviens — malgré les ans qui me font vieux —
De sa bouche moqueuse où riaient des dents blanches,
De son profil mutin, de son bras gracieux
Que n'emprisonnait pas sa robe aux larges manches.

Nous nous aimions alors, à faire envie aux cieux.
Nous allions en chantant passer de gais dimanches
Sous le dôme fleuri des bois silencieux,
Et, comme des oiseaux, nous cacher dans les branches.

Poëme du printemps, tu me charmes encor,
Et je garde en mon cœur, comme un royal trésor,
Ce souvenir lointain, plus doux qu'une caresse.

Mais qui sait si l'amour est leurre ou vérité ?
Étaient-ce mes vingt ans qui paraient sa beauté,
Était-ce sa beauté qui parait ma jeunesse ?

XV

MERETRIX

Je l'avais vue, hélas ! triomphante et parée,
Aux quatre vents du ciel jeter son fol amour,
Et traîner sur ses pas, courtisane adorée,
Un cortége d'amants qui ne régnaient qu'un jour.

Je l'avais vue, au sein de l'orgie effarée,
De chaque volupté s'enivrer tour à tour,
Et, se riant de l'âge aux griffes de vautour,
Gaspiller le trésor de sa grâce admirée.

Je viens de la revoir — ô contraste navrant ! —
Délaissée, indigente, âme en deuil, corps souffrant,
Sordide et ravagée, et touchant à la fange.

Dans la fièvre des sens quand le vice s'endort,
Il ne trouve au réveil que misère et remord.
Respect à la vertu ! tôt ou tard Dieu la venge.

XVI

FLOS HYMENÆI

En vain vous rallumez au front des courtisanes
Le fugitif éclat que leur vice a taché ;
Vous ne leur rendrez pas les splendeurs diaphanes
Et le rayonnement des vierges sans péché.

L'hymen accueille mal ces épaves profanes.
Il lui faut un cœur neuf, que n'aient jamais touché
Les malsaines ardeurs des lascives sultanes,
Une âme où nul limon ne demeure caché.

Il n'attise ses feux qu'en l'honneur des vestales,
Dont rien ne trouble encor les fêtes virginales ;
L'époux ne doit aimer qu'une naïve enfant ;

Il veut, animant seul sa blanche Galathée,
L'éveiller doucement, frémissante et domptée,
Sous le souffle fécond d'un baiser triomphant.

XVII

ADULTERA

L'amour, par qui fleurit la saison printanière,
Et qui fait au jeune âge un portique éclatant,
A, comme l'Océan, des heures de colère
Où sur l'hymen en deuil la tempête s'étend ;

Où, dans l'ombre complice, une épouse adultère
Se glisse au rendez-vous coupable qui l'attend,
Fuyant d'un pied furtif, et le cœur hésitant,
Son glorieux foyer, et la pudeur austère.

Mais, si bas qu'elle tombe, en sortant du devoir,
Ne la repoussez pas, et laissez-lui l'espoir
Qu'elle remontera vers les splendeurs premières.

Tendez-lui le pardon qui peut tout racheter ;
Car le poëte a dit de ne point l'insulter,
Et Jésus défendait qu'on lui jetât des pierres.

XVIII

FORMOSULA

S'il est un jour fatal pour la femme coquette
Qu'une beauté qui passe armait d'un doux pouvoir,
C'est le jour implacable où son cruel miroir
L'avertit qu'il est temps de faire la retraite.

La voyez-vous, rêveuse ou prompte à s'émouvoir,
D'un demi-jour ami chercher l'ombre discrète,
Et par un art savant se soustraire à la dette
Que l'âge, créancier exigeant, fait échoir ?

Inutiles efforts ! soins perdus ! son visage
Garde des ans chagrins l'irréparable outrage.
Les courtisans ont fui, le boudoir est désert ;

Et, dans ta solitude, ô mère de famille,
Peut-être pleures-tu, jalouse de ta fille,
Sur le rameau flétri près du bouton ouvert.

XIX

PIA

J'entoure de respect une femme croyante
Qui garde avec ferveur, sans lutte et sans efforts,
Comme un trésor béni, sa foi persévérante,
Et se défend du doute, écueil des esprits forts.

Les mystères divins de sa nature aimante
Entretiennent l'élan et tendent les ressorts,
En protégeant son cœur, où la séve fermente,
Contre la passion que suivent les remords.

Que ce doux sentiment, qui se sent infaillible,
Par un blond chérubin, d'elle seule visible,
Ainsi qu'un pur encens, soit porté vers les cieux ;

Et qu'au jour lamentable où les froides années
Joncheront son chemin d'illusions fanées,
Elle en fasse un rayon suprême et glorieux !

XX

MUSA

O ma belle Lydie, êtes-vous muse ou femme ?
Marchez-vous ? glissez-vous dans l'éther transparent ?
Dieu vous mit-il au front un rayon de sa flamme ?
Êtes-vous l'ange élu dont la terre s'éprend ?

Oh ! qui que vous soyez, je vous donne mon âme.
Quand vous parlez, je crois boire un philtre enivrant,
Et votre affection, qu'en tremblant je réclame,
Comme un foyer divin, m'échauffe en m'inspirant.

Je suis à vous ! j'emplis mes rêves et mes veilles
Du souvenir charmé de vos grâces vermeilles.
Vous êtes mon génie intime et familier,

Le terme radieux auquel mon cœur aspire,
Le sylphe aérien qui fait vibrer ma lyre,
L'idole qu'il est doux d'aimer et de prier.

XXI

VENUSTA

« Être belle ! voilà mon unique pensée,
« Le but irrésistible où tendent tous mes vœux,
« La gloire que poursuit ma peine non lassée ;
« Plaire, charmer, ravir, voilà ce que je veux. »

Ainsi parle Glycère, et sa main exercée
Mêle une fleur coquette à l'or de ses cheveux,
Étend sur sa peau blanche une teinte rosée,
Et d'un ami folâtre accueille les aveux.

Elle a des airs câlins, d'inimitables gestes,
Des regards à la fois provocants et modestes ;
Elle pare son corps avec un soin jaloux.

Nulle n'est plus fidèle au culte de soi-même,
Et ne sait mieux user de son éclat suprême
Pour appeler l'amant, ou retenir l'époux.

XXII

SOROR PAUPERUM

Elle prie au chevet d'un mourant. — Il se mêle
Sur son visage austère, empreint de charité,
Aux pleurs dus à la chair qui lutte et qui chancelle,
Un sourire pour l'âme, ivre de liberté.

Au patient, que tord la souffrance cruelle,
La pâle vierge, en qui rien d'humain n'est resté,
Comme un double flambeau, montre l'éternité,
Et, par delà la mort, l'espérance immortelle.

Beauté, jeunesse, amour, en vain vous conviez
Son cœur au gai banquet des plaisirs enviés ;
Elle passe voilée, et, créature étrange,

Laisse voir, en fuyant nos profanes transports,
Juste l'ombre qu'il faut pour qu'on soupçonne un corps,
Juste assez de clarté pour qu'on devine un ange.

TABLE

Paris-Imp. PAUL DUPONT, 41, rue Jean-Jacques-Rousseau.

www.ingramcontent.com/pod-product-compliance
Ingram Content Group UK Ltd.
Pitfield, Milton Keynes, MK11 3LW, UK
UKHW021946260726
13994UKWH00004B/1567

9 782329 103884